癸巳孟夏京

師崇賢館刊

限量發行

叁仟套

第 0476 号

癸巳孟夏京
師崇寶館刊

限量發行
叁仟套
第0476号

崇賢館記

太初混沌，盤古開天辟地，斗轉星移，萬象其命維新。炎黃先祖，崛起東方，篳路藍縷，以啓山林。華夏文明，源出細水涓涓，日夜不息，匯爲浩浩江海。上古有河圖洛書之説，先民有結繩書契之作。自夏商以降至于隋唐，我先人以玉飾、甲骨、鐘鼎、簡牘、碑碣、帛書、刻録文明歷程，纘續堯、舜、禹、湯、文王、周公、孔子諸聖賢道統，斯文郁郁，盛世生焉。

至唐貞觀間，太宗爲繼往聖之學，風厚生之化，開太平之世，始設崇賢館。任學士、校書郎各二人，掌管經籍圖書，并教授諸生。光陰箭越千年，二十世紀尾聲，有諸同道矢志復立崇賢館，旨于再造盛唐輝煌，興廢繼絶，金聲玉振，集歷代之英華，樹中天之華表，以最中國之形式再現最中國之内容，俾言簡意豐，温厚和平，墨香紙潤之中國書卷文化福澤今日之世界。復立伊始，茫茫求索，久立而有待來者。漸至天下翕然而慕國學。當是時，幸得國學之師李羨林、啓功、馮其庸、傅璇琮，及著名文史學家毛佩琦、任德山、余世存，國藝方家王鏞、林岫、文史學家[illegible]源[illegible]，好古[illegible]，合于圖[illegible]方[illegible]，主[illegible]

聞[illegible]書圖書考諸家，[illegible]林名物，[illegible]真[illegible]，著[illegible]

[illegible]

至[illegible]人行[illegible]，[illegible]開人行

[illegible]

宗[illegible]題記

等諸先生擔當學術顧問、肩荷指點迷津、遥斷翼軫之重責。

先賢典籍流傳、粲然可見。北宋一朝、蔡倫高足安徽宣城孔丹、創棉白佳紙、宣紙因而得名。中國造紙術隨後惠澤東西方文化傳播。宣紙典籍體輕而久壽、逐漸引領版刻盛行。宋版之精嚴而高貴、元版之景宋而厚重、明版之繁盛而不齊、清版之集古而爲新。今崇賢館志承歷代版刻精髓、精研歷代善本風貌、礪成鑄鼎之作、曰崇賢善本。其館刊典籍、涵蓋經、史、子、集四部精華、并書畫真迹、碑刻拓片、及今人解經學人蹊徑。可謂囊經天緯地之道、攬修身齊家之學。堪爲現代收藏之冠冕極品、亦爲今人重塑私德之權威善本。

崇賢善本誓循宋代工藝。選安徽涇縣有紙中黄金美譽之手工宣紙制作、裝幀集材、綾面絹簽、沿襲古法、雕版琢字、均出名典、莊重雅致、古色生香。考工記云、天有時、地有氣、材有美、工有巧。斯乃術工與藝術俱臻高妙

之境界，書卷文化之真精神。洋裝書雖彌漫當際，崇賢善本却能卓爾不群。魯迅先生曾有比喻，洋裝書拿在手裏像舉磚頭，遠不如看綫裝書方便。中華先烈，文稱風騷，武崇儒將，書卷之氣爲其獨有之美。然不讀綫裝古籍，難鑄高華之美。綫裝書卷在手，或坐或卧，思緒如泉，潺潺不斷。心性高貴至極，却不顯一絲張揚。是故崇賢館十數年如一日，竭誠舉倡，重構綫裝中國，國學進入生活。尋常百姓之家，當見縹囊飄香；廣厦重閣之府，更是卷盈緗帙。隨手展卷，有人倫之準式，傳世之華章，賢人之嘉言，生活之寶鑒。人人可漱六藝之芳潤，可浸高古之氣華。

朝代依序更迭，時光似川流逝。次第顧尋，鼎食深院，閣閣人家，皆門書禮義，傳家久，詩書繼世長。國學經典，連綿千祀。然而，形殊勢禁，古今不同，失之毫釐，謬以千里。時人熱捧國學，然忌入玄玄歧途，惟汲納百家之長，融鑄方以補天。勿忘戊戌維新之殤，是爲殷鑒。匯通儒家之境界，書香文化之真精神。洋裝書雖[illegible]善本，卻能卓爾不群。曾述先生曾有比喻：洋裝書拿在手裏，像與磚頭，遠不如線裝書方便[illegible]風骨[illegible]書卷之氣，[illegible]其獨有之美，然不讀線裝古籍，難識高華之美。線裝書卷[illegible]

[illegible]心性高貴至極，卻不顯一絲張揚[illegible]十數年如一日[illegible]中國國學[illegible]入生活[illegible]百姓之家[illegible]

更是[illegible]傳世之華章。賢人之藝[illegible]生活于藝[illegible]高古之氣[illegible]。

[illegible]

閱入[illegible]門書[illegible]詩書[illegible]國學經典[illegible]

[illegible]古今不同[illegible]

時人熟[illegible]國學[illegible]

[illegible]

之禮樂規章、道家之取法自然、佛家之修心禪定、法家之以法治國、兵家之正合奇勝、加之國藝、國史深研修行、方能據于德、依于仁、游于藝、經世致用、知行合一、退可以善道、進可以兼濟。高品生活、人所共求、今人之所憂嘆、先哲業已冥思而開示。吾輩俯仰間、應崇聖賢者、欣欣然咏而歸之樂也。

展觀宇内、商潮必資乎文明、方能發五色之沃采、惠億衆之福祉。古往今來、熙熙攘攘者、道統孰繼。崇賢館倡言、新國學、新閱讀、新收藏、新體驗。同仁塑夢、終期館内、垂髫幼童讀書琅琅、舞象少年飛文染翰、窈窕淑女繪綉撫琴、域内外大雅鴻儒、絶藝名家、群賢畢至、于斯爲盛、再拜天下之甘爲中國傳統文化推廣者、播仁、普智、勵勇、可喜可嘉。漫漫長路、舉足爲始。崇賢館主李克敬叙宗旨。沐浴執筆、壬辰中秋記於京華。

教跋臣沐浴執筆上系中秋記於京華

勵勇可嘉愛敬承與天治始崇賢館主教究

盛世拜天下人甘語中國傳統文化推廣傳承

踐無涿城內外大雅鴻儒紀藝右族群賢書廷於此詣

筆醫紛重讀書取與華象方拜窗文京縣窗究京文路

吉族國學族國讀新卷文灑舉族同行道興發揚館已

從八館松古往今來溯源

頤年有心成績文思方維世國子以承家道

淡泊寧靜而歸心樂已

愛晚先賢業已宣風而開于吾華修行聞德崇聖賢哲

可以普通可以兼濟治品行治入所未來今入以原

行方能博于漢家之行泮于藝經中政通知行合人道

以崇弘治國安民之正合百聯兮之國鑒國史深宮淬

人纔華流傳以承國脈宜及春秋入典承流

上冊

茶經

珍賞卷

陸羽等 著

北京聯合出版公司

前言

茶是國飲、詩爲文宗、自古多少文人墨客品茶吟詩、敘事讀經、可謂雅興也。崇賢館舉倡「重構線裝中國、國學進入生活。」此次重磅推出「崇賢尚禮」系列藏品、將「茶經」納入其中、以求讀者能夠在閱讀品茗間感受寧靜淡泊、於喧囂凡塵中悟出和睦清心。

本書上冊「茶經」珍賞卷選取於「左氏百川學海」第二十八冊壬集中。「左氏百川學海」初刻於宋度宗咸淳九年、左圭輯刊。書名取「揚子法言」「百川學海而至於海。」書分甲乙丙丁戊己庚辛壬癸十集、計一百種、一百七十七卷、所收多係唐宋文人野史雜說之屬。「百川學海」流傳之廣、影響之深、被後世尊稱爲叢書之祖。「茶經」珍賞卷宋刻本爲民國間陶湘據傳世宋本景刊。每半頁十二行、行二十字、黑口、雙魚尾、左右雙邊、版心內寫子書名及頁碼。內文分爲「香譜」、「茶經」、「煎茶水記」、「茶錄」四部分。

下冊「茶經」說茶卷從「說茶」、「茶品」、「泡茶」三大部分細說茶事、將飲茶的習慣和方法呈現於讀者面前、幫助讀者梳理茶的飲法沿革、細細解釋每一道看似簡單實則蘊含了多方面細節考量的泡茶工藝、更讓讀者在「良器配佳茗」當中獨享一番別致茶韻。

崇賢館藏品承繼古法、對接精刻。選用安徽涇縣宋代工藝的純手工宣紙製作、不僅承襲了已有千年歷史的工藝技術、而且具有歷時彌珍的保值增值特性。版刻則採用歷代精刻、對接著名刻工刻坊的匠心與成就、可謂集納版刻之精華。「崇賢尚禮」系列藏品力求打造「可讀可藏可禮」的時代善本、一卷在手、仿如回到書香彌漫的名人書齋、令古人之流風遺韻、賴以不墜。

香譜目録

卷上

香譜目錄

卷上

香之品

香之異

卷下

香之事

卷下

香之事

香譜卷上

香之品

龍腦香

酉陽雜俎云出波律國樹高八九丈可六七尺圍葉圓而背白其樹有肥瘦形似松脂作杉木氣乾脂謂之龍腦香清脂謂之波律膏子似豆蔻皮有甲錯海藥本草云味苦辛微温無毒主内外障眼三蟲療五痔明目鎮心祕精　又有蒼龍腦主風疹䵟人膏煎良不可點眼明淨如雪花者善久經風日或如麥麩者不佳云合黑豆糯米相思子貯之不耗今復有生熟之異稱生龍腦即上之所載是也其絶妙者目曰梅花龍腦有經火飛結成塊者謂之熟龍腦氣味差

薄焉蓋易入他物故也

麝香

唐本草云生中臺川谷及雍州益州皆有之陶隱居云形似麞常食栢葉及噉蛇或於五月得者往往有蛇皮骨主辟邪殺鬼精中惡風毒療傷多以一子真香分糅作三四子刮取血膜雜以餘物大都亦有精麤破皮毛共在裹中者爲勝或有夏食蛇蟲多至寒香蒲入春患急痛自以脚剔出人有得之者此香絶勝帶麝非但香辟惡以香真者一子着腦間枕之辟惡夢及尸疰鬼氣今或傳有水麝臍其香尤美

沉水香

唐本草注云出天竺單于二國與青桂鷄骨䈀香同

是一樹葉似橘經冬不彫夏生花白而圓細秋結實如檳榔色紫似葚而味辛療風水毒腫去惡氣樹皮青色木似櫸柳重實黑色沉水者是今復有生黃而沉水者謂之蠟沉又其不沉者謂之生結　又拾遺解紛云其樹如椿常以水試乃知餘見下卷天香傳中

白檀香

陳藏器云本草拾遺曰樹如檀出海南主心腹痛霍亂中惡鬼氣殺蟲又唐本草云味鹹微寒主惡風毒出崑崙盤盤之國主消風積水腫又有紫真檀人磨之以塗風腫雖不生於中華而人間遍有之

蘇合香

神農本草云生中臺川谷陶隱居云俗傳是師子糞外國說不爾今皆從西域來真者難别紫赤色如紫檀堅實極芬香重如石燒之灰白者佳主辟邪瘧癎痓去三蟲

安息香

本草云出西戎似柏脂黃黑色爲塊新者亦柔軟味辛苦無毒主心腹惡氣鬼疰　酉陽雜俎曰安息香出波斯國其樹呼爲辟邪樹長三丈許皮色黃黑葉有四角經冬不彫二月有花黃色心微碧不結實刻皮出膠如飴名安息香

鬱金香

魏略云生大秦國二三月花如紅藍四五月採之其

香十二葉爲百草之英　本草拾遺曰味苦無毒主蠱毒鬼疰鵄鶻等臭除心腹間惡氣鬼疰入諸香用說文曰鬱金芳草煑以釀鬯以降神也

鷄舌香

唐本草云生崑崙及交愛以南樹有雌雄皮葉並似栗其花如梅結實似棗核者雌樹也不入香用無子者雄樹也採花釀以成香微温主心痛惡瘡療風毒去惡氣

薰陸香

廣志云生南海又辟方注曰即羅香也　海藥本草云味平温無毒主清人神其香樹一名馬尾香是樹皮鱗甲採之復生又唐本草注云出天竺國及邯鄲

似楓松脂黃白色天竺者多白邯鄲者夾綠色香不甚烈微温主伏尸惡氣療風水腫毒惡瘡

詹糖香

本草云出晉安岑州及交廣以南樹似橘煎枝葉爲之似糖而黑多以其皮及蠹糞雜之難得淳正者惟軟乃佳

丁香

山海經曰生東海及崑崙國二三月花開七月方結實　開寶本草注云生廣州樹高丈餘凌冬不凋葉似櫟而花圓細色黃子如丁長四五分紫色中有麄大長寸許者俗呼爲母丁香擊之則順理而折味辛主風毒諸腫能發諸香及止乾霍亂嘔吐驗

波律香

本草拾遺曰出波律國與龍腦同樹之清脂也除惡氣殺蟲疰見龍腦香即波律膏也

乳香

廣志云即南海波斯國松樹脂有紫赤櫻桃者名乳香蓋薰陸之類也仙方多用辟邪其性温療耳聾中風口噤婦人血風能發酒治風冷止大腸洩僻療諸瘡癤令內消今以通明者爲勝目曰的乳其次曰揀香又次曰瓶香然多夾雜成大塊如瀝青之狀又其細者謂之香纏

青桂香

本草拾遺曰即沉香同樹細枝緊實未爛者

鷄骨香

本草拾遺記曰亦棧香中形似雞骨者

木香

本草云一名蜜香從外國舶上來葉似薯蕷而根大花紫色功效極多味辛温而無毒主辟温療氣劣氣不足消毒殺蟲毒今以如雞骨堅實齧之粘齒者爲上復有馬兜苓根謂之青木香非此之謂也或云有二種亦恐非耳一謂之雲南根

降眞香

南州記曰生南海諸山又云生大秦國 海藥本草曰味温平無毒主天行時氣宅舍恠異並燒之有驗仙傳云燒之感引鶴降醮星辰燒此香甚爲第一小

皃帶之能辟邪氣其香如蘇方木然之初不甚香得諸香和之則特美

艾蒳香

廣志云出西國似細艾又云松樹皮綠衣亦名艾蒳可以合諸香燒之能聚其煙青白不散　本草拾遺曰味温無毒主惡氣殺蛀蟲主腹冷洩痢

甘松香

本草拾遺曰味温無毒主鬼氣卒心腹痛脹藩浴人身令香叢生葉細　廣志云甘松香生凉州

零陵香

南越志云一名燕草又名薰草生零陵山谷葉如羅勒山海經曰薰草似麻葉方莖氣如蘼蕪可以止癘即零陵香味苦無毒主惡氣注心腹痛下氣令體香和諸香或作湯丸用得酒良

茅香花

唐本草云生劒南諸州其莖葉黑褐色花白非白茅也味苦温無毒主中惡温胃止嘔吐葉苗可煑湯浴辟邪氣令人香

馢香

本草拾遺曰亦沉香同樹以其肌理有黑脉者謂之也　黄熟香亦馢香之類也但輕虚枯朽不堪者今和香中皆用之

水盤香

類黄熟而殊大多雕刻爲香山佛像並出船上

亦黄熟之别名也其色差白不入藥品和香或用之

白眼香

即䉼香之薄者其香尤勝於䉼又謂之龍鱗香

葉子香

本草云即香附子也所在有之葉莖都似三稜根若附子周匝多毛交州者最勝大如棗核近道者如杏仁許荆襄人謂之莎草根大下氣除胷腹中熱合和香用之尤佳

雀頭香

倉頡解詁曰芸蒿似邪蒿可食魚豢典略云芸香辟紙魚蠹故藏書臺稱芸臺

芸香

川本草云味辛平無毒主利水道殺蟲毒辟不祥一名水香生大吴池澤葉似蘭尖長有岐花紅白色而香煑水浴以治風

蘭香

本草云即白芷也一名茝又名蘸又曰莞又曰符離又名澤芬生下濕地河東川谷尤佳近道亦有道家以此香浴去尸蟲

芳香

本草云即杜衡也葉似葵形如馬蹄俗呼爲馬蹄香藥中少用惟道家服令人身香

蘹香

蕙香

廣志云蕙草緑葉紫花魏武帝以爲香燒之

白膠香

唐本草注云樹高大木理細莖葉三角商洛間多有五月斫爲坎十一月收脂　開寶本草云味辛苦無毒主癮疹風痒浮腫即楓香脂

都梁香

荆州記曰都梁縣有山山上有水其中生蘭草因名都梁香形如霍香　古詩曰博山鑪中百和香鬱金蘇合及都梁廣志云都梁出淮南亦名煎澤草也

甲香

唐本草云蠡類生雲南者大如掌青黄色長四五寸取黶燒灰用之南人亦煑其肉噉今合香多用謂能

發香復來香煙須酒蜜煑製方可用法見下

白茅香

本草拾遺記曰味甘平無毒主惡氣令人身香煑汁服之主腹内冷痛生安南如茅根道家用煑湯沐浴

必栗香

内典云一名化木香似老椿　海藥本草曰味辛温無毒主鬼疰心氣斷一切惡氣葉落水中魚暴死木可爲書軸辟白魚不損書

兜婁香

異物志云出海邊國如都梁香　本草曰性微温療霍亂心痛主風水毒腫惡氣止吐逆亦合香用莖葉似水蘇

藒車香

本草拾遺曰味辛温主鬼氣去臭及蟲魚蛀物生彭城高數尺白花　爾雅曰藒車芞輿注曰香草也

兜納香

廣志曰生剽國　魏畧曰出大秦國　本草拾遺曰味温甘無毒去惡氣温中除冷

耕香

南方草木狀曰耕香莖生細葉　本草拾遺曰味辛温無毒主臭鬼氣調中生烏滸國

木蜜香

内典云狀若槐樹　異物志云其葉如椿　交州記云樹似沉香　本草拾遺曰味甘温無毒主辟惡去邪鬼疰生南海諸山中種五六年便有香也

迷迭香

廣志云出西域魏文帝有賦亦嘗用　本草拾遺曰味辛温無毒主惡氣令人衣香燒之去邪

香之異

都夷香

洞冥記香如棗核食一顆歷月不飢或投水中俄滿大盂也

荼蕪香

王子年拾遺記燕昭王廣延國二舞人帝以荼蕪香屑鋪地四五寸使舞人立其上彌日無跡香出波弋國浸地則土石皆香着朽木腐草莫不茂蔚以薰枯

骨則肌肉皆生又出獨異志

辟寒香

辟邪香瑞麟香金鳳香皆異國所獻杜陽編云自兩漢至皇唐皇后公主乘七寶輦四面綴五色玉香囊囊中貯上四香每一出遊則芬馥蒲路

月支香

瑞應圖大漢二年月支國貢神香武帝取看之狀若燕卵凡三枚大似棗帝不燒付外庫後長安中大疫宮人得疾衆使者請燒一枚以辟疫氣帝然之宮中病者差長安百里内聞其香積九月不歇

振靈香

十洲記聚窟州有大樹如楓而葉香聞數百里名曰返魂樹根於玉釜中煑汁如飴名曰驚精香又曰振靈香又曰返生香又曰馬精香又名却死香一種五名靈物也香聞數百里死屍在地聞即活

千畝香

述異記曰南郡有千畝香林名香往往出其中

十里香

述異記曰千年松香聞於十里

䕷齊香

酉陽雜俎曰出波斯國拂林呼爲頂敦梨咃長一丈餘圍一尺許皮色青薄而極光淨葉似阿魏每三葉生於條端無花結實西域人常八月伐之至冬更抽新條極滋茂若不剪除返枯死七月斷其枝有黄汁

其狀如蜜微有香氣入藥療百病

龜甲香

述異記曰即桂香之善者

兜末香

本草拾遺曰燒去惡氣除病疫　漢武帝故事曰西王母降上燒是香兜渠國所獻如大豆塗宮門香聞百里關中大疫死者相枕燒此香疫則止　内傳云死者皆起此則靈香非中國所致

沉光香

洞冥記塗魂國貢門中燒之有光而堅實難碎太醫以鐵杵舂如粉而燒之

沉榆香

封禪記黃帝列珪玉於蘭蒲蓆上然沉榆香舂雜寶爲屑以沉榆和之若泥以分尊卑華戎之位

茵墀香

拾遺記靈帝初平三年西域獻煑湯辟癘宮人以沭頭

石葉香

拾遺記曰此香疊疊狀如雲母其氣辟癘魏文帝時題腹國獻

鳳腦香

杜陽編穆宗嘗於藏眞島前焚之以崇禮敬

紫术香

述異記一名紅藍香又名金香又名麝香草香出蒼

梧桂林二郡界

威香

孫氏瑞應圖曰瑞草曰一名威蕤王者禮備則生於殿前又云王者愛人命則生

百濯香

拾遺記孫亮寵姬四人合四氣香皆殊方異國所獻凡經踐躡安息之處香氣在衣彌年不歇因香名百濯復目其室曰思香媚寢

龍文香

杜陽編武帝時所獻忘其國名

千步香

述異記南海出千步香佩之香聞於千步草也今海

隅有千步草是其種也葉似杜若而紅碧相雜貢籍曰南郡貢千步香

薰肌香

洞冥記用薰人肌骨至老不病

蘅蕪香

拾遺記漢武帝夢李夫人授蘅蕪之香帝夢中驚起香氣猶著衣枕歷月不歇

九和香

三洞珠囊曰天人玉女擣羅天香按擎玉爐燒九和之香

九真雄麝香

西京雜記趙昭儀上姊飛鷰三十五物有青木香沉

水香九眞雄麝香

罽賔國香

盧氏雜説楊牧嘗召崔安石食盤前置香一爐煙出如樓臺之狀崔別聞一香非似爐煙崔思之楊顧左右取白角楪子盛一漆毬子呈崔曰此罽賔國香所聞即此香也

拘物頭花香

唐太宗實録曰罽賔國進拘物頭花香香聞數里

昇霄靈香

杜陽編同昌公主薨主哀痛常令賜紫尼及女道冠焚昇霄靈之香擊歸天紫金之磬以導靈昇

祇精香

洞冥記出塗魂國燒此香魑魅精祇皆畏避

飛氣香

三洞珠囊隱訣云眞檀之香夜泉玄脂朱陵飛之香返生之香皆眞人所燒之香也

金磾香

洞冥記金日磾既入侍欲衣服香潔變胡虜之氣自合此香帝果悅之日磾嘗以自薰宮人以見者以增其媚

五香

三洞珠囊曰五香一株五根一莖五枝一枝五葉一葉間五節五五相對故先賢名之五香之木燒之十日上徹九星之天即青木香也

千和香

三洞珠囊峨嵋山孫真人然千和之香

兜婁婆香

楞嚴經壇前別安一小爐以此香煎取香水沐浴其炭然令猛熾

多伽羅香

釋氏會要曰多伽羅香此云根香多摩羅跋香此云藿香旃檀釋云與樂即白檀也能治熱病赤檀能治風腫

大象藏香

釋氏會要曰因龍鬬而生若燒其一丸興大光明細雲覆上味如甘露七晝夜降其甘雨

牛頭旃檀香

華嚴經云從離垢出若以塗身火不能燒

羯布羅香

西域記云其樹松身異葉花果亦別初採既濕尚未有香木乾之後循理而折之其中有香木乾之後色如冰雪亦龍腦香

薝蔔花香

法華經云須曼那華香闍提華香末利花香羅羅華香青赤白蓮華香華樹香果樹香旃檀香沉水香多摩羅跋香多伽羅香象香馬香男香女香拘鞞陁羅樹香曼陁羅花香殊沙華香

香譜卷上

香譜卷下

香之事

述香

說文曰芳也篆從黍從甘隸省作香春秋傳曰黍稷馨香凡香之屬皆從香香之遠聞曰馨

香之美者曰䭐（音使）　香之氣曰馦（火兼反）

曰馣（音淹）　曰馧（於云反）

曰馤（音愛）　曰馥（扶福反）

曰馢（音殘）　曰⿰香蔑（方滅反）

曰馝（蒲結反）　曰馪（音繽）

曰馩（音焚）　曰馛（步末反）

曰⿰香旁（音彭⿰香旁⿰香旁大香）　曰⿰香肖（匹結反）

曰馞（音悖）　曰馠（火含反）

曰馚（上同）　曰⿰香麻（奴昆反）

曰⿰香孚（他胡反）　曰⿰香奇（音倚）

曰⿰香尼（音你）　曰⿰香出（普沒反）　曰⿰香肖（滿結反）

曰⿰香末（普滅反）　曰⿰香翁（烏孔反）　曰⿰香票（音瓢）

至治馨香　尚書曰至治馨香感于神明

有飶其香　毛詩有飶其香邦家之光

其香始升　毛詩其香始升上帝居歆

昭其馨香　國語其德足以昭其馨香

國香　左傳蘭有國香

久而聞其香　國語入芝蘭之室久而聞其香

香序

宋范曄字蔚宗撰和香方其序云麝本多忌過分必害沈實易和盈斤無傷零藿慘虐詹糖粘濕甘松蘇合安息鬱金㮈多和羅之屬並被於外國無取於中

土又棗膏昏懞甲煎淺俗非惟無助於馨烈乃當彌
增於尤疾也此亭所言悉以比類朝士麝本多忌比
庾憬之棗膏昏懞比羊玄保甲煎淺俗比徐湛之甘
松蘇合比惠休道人沈實易和蓋自比也

香尉

述異記漢雍仲子進南海香物拜涪陽尉人謂之香
尉

香市

述異記曰南方有香市乃商人交易香處

薰爐

應劭漢官儀曰尚書郎入直臺中給女侍史二人皆
選端正指使從直女侍史執香爐燒薰以從入臺中
給使護衣

懷香

漢官典職曰尚書即懷香握蘭趨走丹墀

香户

述異記曰南海郡有採香户

香洲

述異記曰朱崖郡洲中出諸異香往往有不知名者

披香殿

漢宮閣名長安有合歡殿披香殿

採香徑

郡國志吳王闔閭起響屧廊採香徑

啗香

杜陽編元載寵姬薛瑶英母趙娟幼以香啗英故肌肉悉香

愛香

襄陽記劉季和性愛香常如廁還輒過香爐上主簿張坦曰人名公作俗人不虚也季和曰荀令君至人家坐席三日香爲我如何坦曰醜婦効顰見者必走公欲遁走耶季和大笑

含香

應劭漢官曰侍中刁存年老口臭上出雞舌香含之

竊香

晉書韓壽字德真爲賈充司空掾充女窺見壽而悦焉因婢通殷勤壽踰垣而至時西域有貢奇香一著

人經月不歇帝以賜充其女密盗以遺壽後充與壽宴聞其芬馥意知女與壽通遂祕之以女妻壽

香囊

謝玄常佩紫羅香囊謝安患之而不欲傷其意因戲賭取焚之玄遂止又古詩云香囊懸肘後

沉香牀

異苑沙門支法有八尺沉香牀

金爐

魏武上雜物疏曰御物三十種有純金香爐一枚

博山香爐

東宮故事曰皇太子初拜有銅博山香爐　西京雜記丁緩又作九層博山香爐

被中香爐

西京雜記被中香爐本出房風其法後絶長安巧工丁緩始更之機環運轉四周而爐體常平可置之於被褥故以爲名

沉香火山

杜陽編隋煬帝每除夜殿前設火山數十皆沉香木根每一山焚沉香數車暗即以甲煎沃之香聞數十里

檀香亭

杜陽編宣州觀察使楊牧造檀香亭子初成命賓樂之

沉香亭

李白後集序開元中禁中初重木芍藥即今牡丹也得四本紅紫淺紅通白者上因移植於興慶池東沉香亭前

五色香煙

三洞珠囊許遠遊燒香皆五色香煙出

香珠

三洞珠囊以雜香擣之丸如梧桐子大青繩穿此三皇真元之香珠也燒之香徹天

金香

右司命君王易度游于東板廣昌之城長樂之鄉天女灌以平露金香八會之湯瓊鳳玄脯

鵲尾香爐

宋王賢山陰人也既禀女質厥志彌高自專年及笄應適女兄許氏密具法服登車既至夫門時及交禮更著黃巾裙手執鵲尾香爐不親婦禮賓主駭愕夫家力不能屈乃放還遂出家梁大同初隱弱溪之間

百刻香

近世尚奇者作香篆其文準十二辰分一百刻凡然一晝夜已

水浮香

然紙灰以印香篆浮之水面爇竟不沉香獸以塗金爲狻猊麒麟鳧鴨之狀空中以然香使煙自口出以爲玩好復有雕木埏土爲之者

香篆

鏤木以爲之以範香塵爲篆文然於飲席或佛像前往往有至二三尺徑者

焚香讀孝經

陳書岑之敬字思禮淳謹有孝行五歲讀孝經必焚香正坐

防蠹

徐陵玉臺新詠序曰辟惡生香聊防羽陵之蠹

香溪

吳宮故有香溪乃西施浴處又呼爲脂粉溪

牀畔香童

天寶遺事王元寶好賓客務於華侈器玩服用僭於王公而四方之士盡歸仰焉常於寢帳牀前刻鏤童二

人捧七寶博山香爐自暝焚香徹曙其驕貴如此

四香閣

天寶遺事云楊國忠嘗用沉香爲閣檀香爲欄檻以麝香乳香篩土和爲泥飾閣壁每於春時木芍藥盛開之際聚賓於此閣上賞花焉禁中沉香之亭遠不侔此壯麗者也

香界

楞嚴經云因香所生以香爲界

香嚴童子

楞嚴經云香嚴童子白佛言我諸比丘燒水沉香香氣寂然來入鼻中非木非空非煙非火去無所著來無所從由是意銷發明無漏得阿羅漢

天香傳

見丁晉公本集

古詩詠香爐

四座且莫諠願聽歌一言請説銅香爐崔嵬象南山上枝似松柏下根據銅盤雕文各異類离婁自相連誰能爲此器公輸與魯般朱火然其中青煙颺其間順風入君懷四座莫不歡香風難久居空令蕙草殘

齊劉繪詠博山香爐詩

參差鬱佳麗合沓紛可憐蔽虧千種樹出没萬重山上鏤秦王子駕鶴乘紫煙下刻蟠龍勢矯首半銜連傍爲伊水麗芝蓋出嵓間復有漢游女拾羽弄餘妍榮色何雜糅縟繡更相鮮麏麚或騰倚林薄杳芊眠

掩華如不發含薰未肯然風生四堦樹露湛曲池蓮
寒虫飛夜室秋虛没曉天

梁昭明太子銅博山香爐賦

稟至精之純質産靈嶽之幽深探般倕之妙旨運公輸之巧心有蕙帶而嵓隱亦霓裳而升仙寫嵩山之籠嵸象鄧林之阡眠於時青煙司寒夕光翳景翠帷已低蘭膏未屏炎蒸內耀苾芬外揚以慶雲之呈色若景星之舒光信名嘉而用美永爲玩於華堂

漢劉向薰爐銘

嘉此正氣嶄嵓若山上貫太華承以銅盤中有蘭綺朱火青煙

梁孝元帝香爐銘

蘇合氤氳飛煙若雲時濃更薄乍聚還分火微難盡風長易聞孰云道力慈悲所薰

古詩

博山爐中百和香鬱金蘇合與都梁
紅羅複斗帳四角垂香囊

開奩集香蘇 金爐絶沈燎
金泥蘇合香 薰爐雜棗香
丹轂七車香 百和裛衣香

香之法

蜀王薰御衣法

丁香 馢香 沉香
檀香 麝香已上各一兩 甲香三兩製如常法

右件香擣爲末用白沙蜜輕煉過不得熱用合和令匀入用之

江南李王帳中香法

右件用沉香一兩細剉加以鵝梨十枚研取汁於銀器内盛却蒸三次梨汁乾即用之

唐化度寺牙香法

沉香（一兩半）　白檀香（五兩）　蘇合香（一兩）

甲香（一兩煮）　龍腦（半兩）　麝香（半兩）

右件香細剉擣爲末用馬尾篩羅煉蜜溲和得所用之

雍文徹郎中牙香法

沉香　檀香　甲香

馢香（各一兩）　黃熟香（一兩）　龍麝（各半兩）

右件擣羅爲末煉蜜拌和匀入新瓷器中貯之密封埋地中一月取出用

延安郡公蘂香法

玄參（半斤淨洗去塵土於銀器中以水煑令熟控乾切入銚中慢火炒令微煙出）

甘松（四兩擇去雜草塵土方秤定細剉之）　白檀香（剉）

麝香（顆者俟別藥成末方入研）　的乳香（細研同麝香入 上三味各二錢）

右並新好者杵羅爲末煉蜜和匀丸如鷄頭大每藥末一兩使熟蜜一兩未丸前再入杵臼百餘下油單密封貯瓷器中旋取燒之

供佛濕香法

檀香（二兩）　零陵香　馢香

藿香　白芷　丁香皮

甜參各一兩　甘松　乳香各半兩

消石一分

右件依常法事治碎剉焙乾擣爲細末別用白茅香八兩碎擘去泥焙乾用火燒候火焰欲絕急以盆蓋手巾圍盆口勿令通氣放冷取茅香灰擣爲末與前香一處逐旋入經煉好蜜相和重入藥臼擣令軟硬得所貯不津器中旋取燒之

牙香法

沉香　白檀香　乳香

青桂香　降眞香　甲香灰汁煮少時取出放冷用甘水浸一宿取出令焙乾

龍腦　麝香已上八味各半兩擣羅爲末煉蜜拌令勻

右別將龍腦麝香於淨器中研細入令勻用之

又牙香法

黃熟香　棧香　沉香各五兩

檀香　零陵香　藿香

甘松　丁香皮各三兩

麝香　甲香三兩黃泥漿煮一日後用酒煮一日

硝石　龍腦各三分　乳香半兩

右件除硝石龍腦乳麝同研細外將諸香擣羅爲散先用蘇合油一茶脚許更入煉過蜜二斤攪和令勻以瓷合貯之埋地中一月取出用之

又牙香法

沉香四两 檀香五两 結香
藿香 零陵香 甘松已上各四两
丁香皮 甲香各二分 麝香
龍腦各三分 茅香四两燒灰
右件爲細末煉蜜和勻用之

又牙香法
生結香 棧香 零陵香
甘松各三两 藿香 丁香皮
甲香各一两 麝香一錢
右爲麄末煉蜜放冷和勻依常法窨過爇之

又牙香法
檀香 玄參各三两 甘松二两

乳香 龍麝各半两令研
右先將檀香玄參剉細盛於銀器内以水浸慢火
煑水盡取出焙乾與甘松同擣羅爲末次入乳香
末等一處用生蜜和勻久窨然後用之

又牙香法
白檀香八两細劈作片子以臘茶清浸一宿控出焙令乾用蜜酒中拌令得所再
浸一宿火焙乾 沉香三两 生結香四两
土煑次用酒蜜煑漉出用
龍腦 麝香各半两 甲香一两先用灰煑次用一生
右令將龍麝別研外諸香同擣羅入生蜜拌勻以
瓷罐貯窨地中月餘出

印香法

夾餞香

白檀香各半兩　白茅香貳兩

藿香壹分　甘松　甘草

乳香各半兩　餞香貳兩　麝香四錢

甲香壹分　龍腦壹錢　沉香半兩

右除龍麝乳香別研外都擣羅爲末拌和令匀用

之

又印香法

黃熟香六斤　香附子　丁香皮五兩

藿香　零陵香　檀香

白芷各四兩　棗半斤焙　茅香二斤

茴香二兩　甘松半斤　乳香一兩細研

生結香四兩

右擣羅爲末如常法用之

傅身香粉法

英粉令研　青木香　麻黃根

附子炮　甘松　藿香

零陵香已上各等分

右件除英粉外同擣羅爲細末用夾絹袋盛浴了

傅之

梅花香法

甘松　零陵香各一兩　檀香

茴香各半兩　丁香一百枚　龍腦少許別研

右爲細末煉蜜令合和之乾濕得中用

衣香法

零陵香壹斤 甘松 檀香各拾兩

丁香皮半兩 辛夷半兩 茴香壹分

右擣羅爲末入龍麝少許用之

窨酒龍腦丸法

龍麝貳味用研 丁香 木香

官桂 胡椒 紅豆

縮砂 白芷已上各壹分 馬哱少許

右除龍麝令研外同擣羅爲細末蜜爲丸和如櫻桃大一斗酒置一丸於其中却封繫令密三五日開飲之其味特香美

毬子香法

艾蒳壹兩松樹上青衣是也

酸棗壹升入水少許研取汁壹椀日煎成膏用

丁香 檀香 茅香

香附子 白芷五味各半兩 草荳蔻壹枚去皮

龍腦少許令研

右除龍腦令研外都擣羅以棗膏與熟蜜合和得中入臼杵令不粘杵即止丸如梧桐子大每燒一丸欲盡其煙直上如一毬子移時不散

窨香法

凡和合香須入窨貴其燥濕得宜也每合香和訖約多少用不津器貯之封之以蠟紙於静室屋中入地三五寸瘞之月餘日取出逐旋開取然之則其香尤𩡷馜也

薫香法

凡薫衣以沸湯一大甌置薫籠下以所薫衣覆之令潤氣通徹貴香入衣難散也然後於湯爐中燒香餅子一枚以灰蓋或用薄銀楪子尤妙置香在上薫之常令煙得所薫訖疊衣隔宿衣之數日不散

造香餅子法

軟灰三斤蜀葵葉或花一斤半貴其粘同擣令勻細如末可丸更入薄糊少許每如彈子大捏作餅子曬乾貯瓷瓶內逐旋燒用如無葵則以炭中半入紅花滓同搗用薄糊和之亦可

香譜卷下

茶經卷上

竟陵陸　羽　撰

一之源　二之具　三之造

一之源

茶者南方之嘉木也一尺二尺迺至數十尺其巴山峽川有兩人合抱者伐而掇之其樹如瓜蘆葉如梔子花如白薔薇實如栟櫚葉如丁香根如胡桃瓜蘆木出廣州似茶至苦澁栟櫚蒲葵之屬其子似茶胡桃與茶根皆下孕兆至瓦礫苗木上抽其字或從草或從木或草木并從草當作茶其字出開元文字音義從木當作搽其字出本草草木并作茶其字出爾雅其名一曰茶二曰檟三曰蔎四曰茗五曰荈周公云檟苦茶楊執戟云蜀西南人謂茶曰蔎郭弘農云早取爲茶晚取爲茗或一曰荈耳其地上者生爛石中者生櫟壤下者生黃土凡藝而不實植而罕茂法如種瓜三歲可採野者上園者次陽崖陰林紫者上綠者次笋者上牙者次葉卷上葉舒次陰山坡谷者不堪採掇性凝滯結瘕疾茶之爲用味至寒爲飲最宜精行儉德之人若熱渴凝悶腦疼目澁四支煩百節不舒聊四五啜與醍醐甘露抗衡也採不時造不精雜以卉莽飲之成疾茶爲累也亦猶人參上者生上黨中者生百濟新羅下者生高麗有生澤州易州幽州檀州者爲藥無效況非此者設服薺苨使六疾不瘳知人參爲累則茶累盡矣

二之具

籯加追反一曰籃一曰籠一曰筥以竹織之受五升或一斗二斗三斗者茶人負以採茶也籯漢書音盈所謂黃金滿籯不

如一經（顔師古云籯竹器也受四升耳）

竈無用突者釜用脣口者

甑或木或瓦匪腰而泥籃以箄之篾以系之始其蒸也入乎箄既其熟也出乎箄釜涸注於甑中（甑不帶而泥之）又以穀木枝三亞者制之散所蒸牙笋并葉畏流其膏

杵臼一曰碓惟恒用者佳

規一曰模一曰棬以鐵制之或圓或方或花

承一曰臺一曰砧以石爲之不然以槐桑木半埋地中遣無所搖動

襜一曰衣以油絹或雨衫單服敗者爲之以襜置承上又以規置襜上以造茶也茶成舉而易之

芘莉（音杷離）一曰嬴子一曰筹筤以二小竹長三赤軀二赤五寸柄五寸以篾織方眼如圃人土羅闊二赤以列茶也

棨一曰錐刀柄以堅木爲之用穿茶也

撲一曰鞭以竹爲之穿茶以解茶也

焙鑿地深二尺闊二尺五寸長一丈上作短墻高二尺泥之

貫削竹爲之長二尺五寸以貫茶焙之

棚一曰棧以木構於焙上編木兩層高一尺以焙茶也茶之半乾昇下棚全乾昇上棚

穿（音釧）江東淮南剖竹爲之巴川峽山紉穀皮爲之江東以一斤爲上穿半斤爲中穿四兩五兩爲小穿峽

中以一百二十斤爲上八十斤爲中穿五十斤爲小穿字舊作釵釧之釧字或作貫串今則不然如磨扇彈鑽縫五字文以平聲書之義以去聲呼之其字以穿名之

育以木制之以竹編之以紙糊之中有隔上有覆下有床傍有門掩一扇中置一器貯煻煨火令煴煴然江南梅雨時焚之以火（育者以其藏養爲名）

三之造

凡採茶在二月三月四月之間茶之笋者生爛石沃土長四五寸若薇蕨始抽凌露採焉茶之牙者發於藂薄之上有三枝四枝五枝者選其中枝穎拔者採焉其日有雨不採晴有雲不採晴採之蒸之擣之拍之焙之穿之封之茶之乾矣茶有千萬狀鹵莽而言如胡人鞾者蹙縮然（京錐文也）犎牛臆者廉襜然浮雲出山者輪囷然輕飇拂水者涵澹然有如陶家之子羅膏土以水澄泚之（謂澄泥也）又如新治地者遇暴雨流潦之所經此皆茶之精腴有如竹籜者枝幹堅實艱於蒸擣故其形籭簁然（上离下師）有如霜荷者至葉凋沮易其狀貌故厥狀委萃然此皆茶之瘠老者也自採至于封七經目自胡靴至于霜荷八等或以光黑平正言嘉者斯鑒之下也以皺黃坳垤言佳者鑒之次也若皆言嘉及皆言不嘉者鑒之上也何者出膏者光含膏者皺宿製者則黑日成者則黃蒸壓則平正縱之則坳垤此茶與草木葉一也茶之否臧存於口訣

茶經卷上

茶經卷上

茶經卷中

竟陵陸　羽　撰

四之器

風爐灰承　筥　炭檛　鍑

交床　夾　紙囊　碾拂末

羅合　則　水方　漉水囊

瓢　竹筴　鹺簋揭　熟盂

盌　畚　札　滌方

巾　具列　都籃

風爐灰承

風爐以銅鐵鑄之如古鼎形厚三分緣闊九分令六分虛中致其杇墁凡三足古文書二十一

字一足云坎上巽下離于中一足云體均五行去百疾一足云聖唐滅胡明年鑄其三足之間設三窻底一窻以爲通飈漏燼之所上並古文書六字一窻之上書伊公二字一窻之上書羹陸二字一窻之上書氏茶二字所謂伊公羹陸氏茶也置墆㙰於其内設三格其一格有翟爲翟者火禽也畫一卦曰離其一格有彪爲彪者風獸也畫一卦曰巽其一格有魚爲魚者水蟲也畫一卦曰坎巽主風離主火坎主水風能興火火能熟水故備其三卦焉其飾以連葩垂蔓曲水方文之類其爐或鍛鐵爲之或運泥爲之其灰承作三足鐵柈檯之

筥

筥以竹織之高一尺二寸徑闊七寸或用藤作木楦如筥形織之六出固眼其底蓋若利篋口鑠之

炭檛

炭檛以鐵六稜制之長一尺銳一豐中執細頭系一小鍡以飾檛也若今之河隴軍人木吾也或作鎚或作斧隨其便也

火筴

火筴一名筯若常用者圓直一尺三寸頂平截無葱臺勾鏁之屬以鐵或熟銅製之

鍑（音輔或作釜或作鬴）

鍑以生鐵爲之今人有業冶者所謂急鐵其鐵以耕刀之趄鍊而鑄之內模土而外模沙土滑於內易其摩滌沙澁於外吸其炎焰方其耳以正令也廣其緣以務遠也長其臍以守中也臍長則沸中沸中則末易揚末易揚則其味淳也洪州以瓷爲之萊州以石爲之瓷與石皆雅器也性非堅實難可持久用銀爲之至潔但涉於侈麗雅則雅矣潔亦潔矣若用之恒而卒歸於銀也

交床

交床以十字交之剜中令虛以支鍑也

夾

夾以小青竹爲之長一尺二寸令一寸有節節已上剖之以炙茶也彼竹之篠津潤于火假其香潔以益茶味恐非林谷間莫之致或用精鐵熟銅之類取其久也

紙囊

紙囊以剡藤紙白厚者夾縫之以貯所炙茶使不泄其香也

碾 拂末

碾以橘木爲之次以梨桑桐柘爲臼內圓而外方內圓備於運行也外方制其傾危也內容墮而外無餘木墮形如車輪不輻而軸焉長九寸闊一寸七分墮徑三寸八分中厚一寸邊厚半寸軸中方而執圓其拂末以鳥羽製之

羅合

羅末以合蓋貯之以則置合中用巨竹剖而屈之以紗絹衣之其合以竹節爲之或屈杉以漆之高三寸蓋一寸底二寸口徑四寸

則

則以海貝蠣蛤之屬或以銅鐵竹匕策之類則者量也准也度也凡煮水一升用末方寸匕若好薄者減之嗜濃者增之故云則也

水方

水方以椆木槐楸梓等合之其裏并外縫漆之受一斗

漉水囊

漉水囊若常用者其格以生銅鑄之以備水濕無有苔穢腥澁意以熟銅苔穢鐵腥澁也林栖谷隱者或用之竹木木與竹非持久涉遠之具故用之生銅其囊織青竹以捲之裁碧縑以縫之細翠鈿以綴之又作綠油囊以貯之圓徑五寸柄一寸五分

瓢

瓢一曰犧杓剖瓠爲之或刋木爲之晉舍人杜毓荈賦云酌之以匏匏瓢也口闊脛薄柄短永嘉中餘姚人虞洪入瀑布山採茗遇一道士云吾丹丘子祈子他日甌犧之餘乞相遺也犧木杓也今常用以梨木爲之

竹筴

竹筴或以桃柳蒲葵木爲之或以柿心木爲之長一尺銀裹兩頭

鹺簋 揭

鹺簋以瓷爲之圓徑四寸若合形或瓶或罍貯鹽花也其撤竹制長四寸一分闊九分撤策也

熟盂

熟盂以貯熟水或瓷或沙受二升

盌

盌越州上鼎州次婺州次岳州次壽州洪州次或者以邢州處越州上殊爲不然若邢瓷類銀

越瓷類玉邢不如越一也若邢瓷類雪則越瓷類氷邢不如越二也邢瓷白而茶色丹越瓷青而茶色緑邢不如越三也晉杜毓荈賦所謂器擇陶揀出自東甌甌越也甌越州上口脣不卷底卷而淺受半升已下越州瓷岳瓷皆青青則益茶茶作白紅之色邢州瓷白茶色紅壽州瓷黃茶色紫洪州瓷褐茶色黑悉不宜茶

畚

畚以白蒲捲而編之可貯盌十枚或用筥其紙帊以剡紙夾縫令方亦十之也

札

札緝栟櫚皮以茱萸木夾而縛之或截竹束而管之若巨筆形

滌方

滌方以貯滌洗之餘用楸木合之制如水方受八升

滓方

滓方以集諸滓製如滌方處五升

巾

巾以絁布爲之長二尺作二枚互用之以潔諸器

具列

具列或作床或作架或純木純竹而製之或木法竹黃黑可扃而漆者長三尺闊二尺高六寸

其到者悉斂諸器物悉以陳列也

都籃

都籃以悉設諸器而名之以竹篾内作三角方眼外以雙篾闊者經之以單篾纖者縛之遞壓雙經作方眼使玲瓏高一尺五寸底闊一尺高二寸長二尺四寸闊二尺

茶經卷中

具列者悉斂諸器物悉以陳列也

都籃

都籃以悉設諸器而名之以竹篾內作三角方
眼外以雙篾闊者經之以單篾纖者縛之遞
壓雙經作方眼使玲瓏高一尺五寸底闊一尺高
二寸長二尺四寸闊二尺

茶經卷中

茶經卷下

竟陵陸　羽　撰

五之煮

凡炙茶慎勿於風燼間炙熛焰如鑽使炎涼不均持以逼火屢其飜正候炮（普教反）出培塿狀蝦蟇背然後去火五寸卷而舒則本其始又炙之若火乾者以氣熟止日乾者以柔止其始若茶之至嫩者茶罷熱擣葉爛而牙笋存焉假以力者持千鈞杵亦不之爛如漆科珠壯士接之不能駐其指及就則似無穰骨也炙之則其節若倪倪如嬰兒之臂耳既而承熱用紙囊貯之精華之氣無所散越候寒末之（末之上者其屑如細米末之下者其屑如菱角）其火用炭次用勁薪（謂桑槐桐櫪之類也）其炭曾經燔炙爲膻膩所及及膏木敗器不用之（膏木爲柏桂檜也敗器謂杇廢器也）古人有勞薪之味信哉其水用山水上江水中井水下（荈賦所謂水則岷方之注挹彼清流）其山水揀乳泉石地慢流者上其瀑湧湍漱勿食之久食令人有頸疾又多別流於山谷者澄浸不泄自火天至霜郊以前或潛龍畜毒於其間飲者可決之以流其惡使新泉涓涓然酌之其江水取去人遠者井取汲多者其沸如魚目微有聲爲一沸緣邊如湧泉連珠爲二沸騰波鼓浪爲三沸已上水老不可食也初沸則水合量調之以鹽味謂棄其啜餘（啜嘗也市稅反又市悅反）無迺䖳艦而鍾其一

味乎［上古暫反下吐濫反無味也］第二沸出水一瓢以竹筴環激湯心則量末當中心而下有頃勢若奔濤濺沫以所出水止之而育其華也凡酌置諸盌令沫餑均［字書并本草餑均茗沫也蒲笏反］沫餑湯之華也華之薄者曰沫厚者曰餑細輕者曰花如棗花漂漂然於環池之上又如廻潭曲渚青萍之始生又如晴天爽朗有浮雲鱗然其沫者若綠錢浮於水渭又如菊英墮於鐏俎之中餑者以滓煑之及沸則重華累沫皤皤然若積雪耳荈賦所謂煥如積雪燁若春藪有之第一煑水沸而弃其沫之上有水膜如黑雲母飲之則其味不正其第一者爲雋永［徐縣全縣二反至美者曰雋永雋味也永長也史長曰雋永漢書蒯通著雋永二十篇也］或留熟以貯之以備育華救沸之用諸第一與第二第三盌次之第四第五盌外非渴甚莫之飲凡煑水一升酌分五盌［盌數少至三多至五若人多至十加兩爐］乘熱連飲之以重濁凝其下精英浮其上如冷則精英隨氣而竭飲啜不消亦然矣茶性儉不宜廣則其味黯澹且如一滿盌啜半而味寡況其廣乎其色緗也其馨歎也［香至美曰歎歎音使］其味甘檟也不甘而苦荈也啜苦咽甘茶也［一本云其味苦而不甘檟也甘而不苦荈也］

六之飲

翼而飛毛而走去而言此三者俱生於天地間飲啄以活飲之時義遠矣哉至若救渴飲之以漿蠲憂忿飲之以酒蕩昏寐飲之以茶茶之爲飲發乎神農氏聞於魯周公齊有晏嬰漢有楊雄司馬相如吳有韋

曜晉有劉琨張載遠祖納謝安左思之徒皆飲焉滂時浸俗盛於國朝兩都并荆俞閒以爲比屋之飲飲有觕茶散茶末茶餅茶者乃斫乃熬乃煬乃舂貯於瓶缶之中以湯沃焉謂之痷茶或用葱薑棗橘皮茱萸薄荷之等煑之百沸或揚令滑或煑去沫斯溝渠閒弃水耳而習俗不已於戲天育萬物皆有至妙人之所工但獵淺易所庇者屋屋精極所著者衣衣精極所飽者飲食食與酒皆精極之茶有九難一曰造二曰別三曰器四曰火五曰水六曰炙七曰末八曰煑九曰飲陰採夜焙非造也嚼味嗅香非別也羶鼎腥甌非器也膏薪庖炭非火也飛湍壅潦非水也外熟内生非炙也碧粉縹塵非末也操艱攪遽非煑也

夏興冬廢非飲也夫珎鮮馥烈者其盌數三次之者盌數五若坐客數至五行三盌至七行五盌若六人已下不約盌數但闕一人而已其雋永補所闕人

七之事

王皇炎帝神農氏周魯周公旦齊相晏嬰漢仙人丹丘子黄山君司馬文園令相如楊執戟雄吳歸命侯韋太傅弘嗣晉惠帝劉司空琨琨兄子兖州刺史演張黄門孟陽傅司隸咸江洗馬充孫參軍楚左記室太沖陸吳興納納兄子會稽内史俶謝冠軍安石郭弘農璞桓揚州温杜舍人毓武康小山寺釋法瑤沛國夏侯愷餘姚虞洪北地傅巽丹陽弘君舉安任育宣城秦精燉煌單道開剡縣陳務妻廣陵老姥河内

山謙之後魏瑯琊王肅宋新安王子鸞鸞弟豫章王子尚鮑昭妹令暉八公山沙門譚濟齊世祖武帝梁劉廷尉陶先生弘景皇朝徐英公勣

神農食經茶茗久服令人有力悅志

周公爾雅檟苦荼廣雅云荊巴間採葉作餅葉老者餅成以米膏出之欲煮茗飲先炙令赤色搗末置瓷器中以湯澆覆之用葱薑橘子芼之其飲醒酒令人不眠

晏子春秋嬰相齊景公時食脫粟之飯炙三弋五卯茗菜而已

司馬相如凡將篇烏喙桔梗芫華款冬貝母木蘗蔞芩草芍藥桂漏蘆蜚廉雚菌荈詫白斂白芷菖蒲芒消芫椒茱萸

方言蜀西南人謂茶曰蔎

吳志韋曜傳孫皓每饗宴坐席無不率以七勝爲限雖不盡入口皆澆灌取盡曜飲酒不過二升皓初禮異密賜茶荈以代酒

晉中興書陸納爲吳興太守時衛將軍謝安常欲詣納（晉書云納爲吏部尚書）納兄子俶怪納無所備不敢問之乃私蓄十數人饌安既至所設唯茶果而已俶遂陳盛饌珍羞必具及安去納杖俶四十云汝既不能光益叔父奈何穢吾素業

晉書桓溫爲揚州牧性儉每讌飲唯下七奠拌茶果而已

搜神記夏侯愷因疾死宗人字苟奴察見鬼神見愷來收馬并病其妻著平上幘單衣入坐生時西壁大床就人覓茶飲

劉琨與兄子南兗州刺史演書云前得安州乾薑一斤桂一斤黃芩一斤皆所須也吾體中潰悶常仰眞茶汝可置之

傅咸司隸教曰聞南方有以困蜀嫗作茶粥賣爲簾事打破其器具　又賣餅於市而禁茶粥以蜀姥何哉

神異記餘姚人虞洪入山採茗遇一道士牽三青牛引洪至瀑布山曰予丹丘子也聞子善具飲常思見惠山中有大茗可以相給祈子他日有甌犧之餘乞相遺也因立奠祀後常令家人入山獲大茗焉

左思嬌女詩吾家有嬌女皎皎頗白皙小字爲紈素口齒自清歷有姊字惠芳眉目粲如畫馳鶩翔園林果下皆生摘貪華風雨中倏忽數百適心爲茶荈劇吹噓對鼎䥶

張孟陽登成都樓詩云借問楊子舍想見長卿廬程卓累千金驕侈擬五侯門有連騎客翠帶腰吳鉤鼎食隨時進百和妙且殊披林採秋橘臨江釣春魚黑子過龍醢果饌踰蟹蝑芳茶冠六情溢味播九區人生苟安樂茲土聊可娛

傅巽七誨蒲桃宛柰齊柿燕栗峘陽黃梨巫山朱橘南中茶子西極石蜜

弘君舉食檄寒溫既畢應下霜華之茗三爵而終應下諸蔗木瓜元李楊梅五味橄欖懸豹葵羹各一杯

孫楚歌茱萸出芳樹顛鯉魚出洛水泉白鹽出河東美豉出魯淵薑桂茶荈出巴蜀椒橘木蘭出高山蓼蘇出溝渠精稗出中田

華佗食論苦茶久食益意思

壺居士食忌苦茶久食羽化與韮同食令人體重郭璞爾雅注云樹小似梔子冬生葉可煮羹飲今呼早取為茶晚取為茗或一曰荈蜀人名之苦茶

世說任瞻字育長少時有令名自過江失志既下飲問人云此為茶為茗覺人有怪色乃自分明云向問飲為熱為冷

續搜神記晉武帝宣城人秦精常入武昌山採茗遇一毛人長丈餘引精至山下示以藂茗而去俄而復還乃探懷中橘以遺精精怖負茗而歸

晉四王起事惠帝蒙塵還洛陽黃門以瓦盂盛茶上至尊

異苑剡縣陳務妻少與二子寡居好飲茶茗以宅中有古塚每飲輒先祀之二子患之曰古塚何知徒以勞意欲掘去之母苦禁而止其夜夢一人云吾止此塚三百餘年卿二子恒欲見毀賴相保護又享吾佳茗雖潛壤朽骨豈忘翳桑之報及曉於庭中獲錢十萬似久埋者但貫新耳母告二子慙之從是禱饋愈甚

廣陵耆老傳晉元帝時有老姥每旦獨提一器茗往市鬻之市人競買自旦至夕其器不減所得錢散路傍孤貧乞人人或異之州法曹縶之獄中至夜老姥執所鬻茗器從獄牖中飛出

藝術傳燉煌人單道開不畏寒暑常服小石子所服藥有松桂蜜之氣所餘茶蘇而已釋道該說續名僧傳宋釋法瑤姓楊氏河東人永嘉中過江遇沈臺真請真君武康小山寺年垂懸車飯所飲茶永明中勅吳興禮致上京年七十九

宋江氏家傳江統字應遷愍懷太子洗馬常上疏諫云今西園賣醯麪藍子菜茶之屬虧敗國體

宋録新安王子鸞豫章王子尚詣曇濟道人於八公山道人設茶茗子尚味之曰此甘露也何言茶茗

王微雜詩寂寂掩高閣寥寥空廣廈待君竟不歸收領今就檟

鮑昭妹令暉著香茗賦

南齊世祖武皇帝遺詔我靈座上愼勿以牲爲祭但設餅果茶飲乾飯酒脯而已

梁劉孝綽謝晉安王餉米等啓傳詔李孟孫宣教旨垂賜米酒瓜筍葅脯酢茗八種氣苾新城味芳雲松江潭抽節邁昌荇之珍壃埸擢翹越葺精之美羞非純束野麏裛似雪之驢鮓異陶瓶河鯉操如瓊之粲茗同食粲酢顔望楫免千里宿舂省三月種聚小人懷惠大懿難忘陶弘景雜録苦茶輕換膏昔丹丘子

青山君服之

後魏録瑯琊王肅仕南朝好茗飲蓴羹及還北地又好羊肉酪漿人或問之茗何如酪肅曰茗不堪與酪爲奴

桐君録西陽武昌廬江昔陵好茗皆東人作清茗茗有餑飲之宜人凡可飲之物皆多取其葉天門冬拔揳取根皆益人又巴東別有眞茗茶煎飲令人不眠俗中多煑檀葉并大皁李作茶並冷又南方有瓜蘆木亦似茗至苦澁取爲屑茶飲亦可通夜不眠煑鹽人但資此飲而交廣㝡重客來先設乃加以香芼輩

坤元録辰州溆浦縣西北三百五十里無射山云蠻俗當吉慶之時親族集會歌舞於山上山多茶樹

括地圖臨遂縣東一百四十里有茶溪

山謙之吳興記烏程縣西二十里有温山出御荈

夷陵圖經黄牛荊門女觀望州等山茶茗出焉

永嘉圖經永嘉縣東三百里有白茶山

淮陰圖經山陽縣南二十里有茶坡

茶陵圖經云茶陵者所謂陵谷生茶茗焉本草木部茗苦茶味甘苦微寒無毒主瘻瘡利小便去痰渴熱令人少睡秋採之苦主下氣消食注云春採之

本草菜部苦茶一名荼一名選一名游冬生益州川谷山陵道傍凌冬不死三月三日採乾注云疑此即是今茶一名荼令人不眠本草注按詩云誰謂荼苦又云堇荼如飴皆苦菜也陶謂之苦茶木類非菜流

茗春採謂之苦搽（途遐反）

枕中方療積年瘻苦茶蜈蚣並炙令香熟等分搗篩煮甘草湯洗以末傅之

孺子方療小兒無故驚蹶以（苦茶）葱鬚煮服之

八之出

山南以峽州上（峽州生遠安宜都夷陵三縣山谷）襄州荊州次（襄州生南鄭縣山谷荊州生江陵縣山谷）衡州下（生衡山茶陵二縣山谷）金州梁州又下（金州生西城安康二縣山谷梁州生襄城金牛二縣山谷）

淮南以光州上（生光山縣黃頭港者與峽州同）義陽郡舒州次（生義陽縣鍾山者與襄州同舒州生太湖縣潛山者與荊州同）壽州下（盛唐縣生霍山者與衡山同也）蘄州黃州又下（蘄州生黃梅縣山谷黃州生麻城縣山谷並與荊州梁州同也）

浙西以湖州上（湖州生長城縣顧渚上中與峽州光州同生山桑儒師二白茅山懸腳嶺與襄州荊南義陽郡同生鳳亭山伏翼閣飛雲曲水二寺啄木嶺與壽州常州同生安吉武康二縣山谷與金州梁州同）常州次（常州義興縣生君山懸腳嶺北峯下與荊州義陽郡同生圈嶺善權寺石亭山與舒州同）宣州抗州睦州歙州下（宣州生宣城縣雅山與蘄州同太平縣生上睦臨睦與黃州同抗州臨安於潛二縣生天目山與舒州同錢塘生天竺靈隱二寺睦州生桐廬縣山谷歙州生婺源山谷與衡州同）潤州蘇州又下（潤州江寧縣生傲山蘇州長洲縣生洞庭山與金州蘄州梁州同）

劍南以彭州上（生九龍縣馬鞍山至德寺棚口與襄州同）綿州蜀州次（綿州龍安縣生松嶺關與荊州同其西昌昌明神泉縣西山者並佳有過松嶺者不堪採蜀州青城縣生大人山與綿州同青城縣有散茶木茶）邛州次雅州瀘州下（雅州百丈山名山瀘州瀘川者與金州同也）眉州漢州又下（眉州丹校縣生鐵山者漢州綿竹縣生竹山者與潤州同）

浙東以越州上（餘姚縣生瀑布泉嶺曰仙茗大者殊異小者與襄州同）明州婺州次（明州貨縣生榆筴村婺州東陽縣東自山與荊州同）台州下（始豐縣生赤城山者與歙州同）

黔中生恩州播州費州夷州江南生鄂

州袁州吉州嶺南生福州建州韶州象州福州生閩方山之陰縣也其恩播費夷鄂袁吉福建泉韶象十一州未詳往往得之其味極佳

九之略

其造具若方春禁火之時於野寺山園叢手而掇乃蒸乃舂乃　以火乾之則又棨樸焙貫相穿育等七事皆廢其煑器若松間石上可坐則具列廢用槁薪鼎櫪之屬則風爐灰承炭檛火筴交床等廢若瞰泉臨澗則水方滌方漉水囊廢若五人已下茶可末而精者則羅廢若援藟躋嵓引絙入洞於山口炙而末之或紙包合貯則碾拂末等廢既瓢盌筴札熟盂醝簋悉以一筥盛之則都籃廢但城邑之中王公之門二十四器闕一則茶廢矣

十之圖

以絹素或四幅或六幅分布寫之陳諸座隅則茶之源之具之造之器之煑之飲之事之出之略目擊而存於是茶經之始終備焉

茶經卷下

煎茶水記

江州刺史張　又新

故刑部侍郎劉公諱伯芻於又新丈人行也爲學精博頗有風鑒稱較水之與茶宜者凡七等

揚子江南零水第一

無錫惠山寺石水第二

蘇州虎丘寺石水第三

丹陽縣觀音寺水第四

揚州大明寺水第五

吴松江水第六

淮水最下第七

斯七水余嘗俱瓶於舟中親挹而比之誠如其說也

客有熟於兩浙者言搜訪未盡余嘗志之及刺永嘉過桐廬江至嚴子瀨溪色至清水味甚冷家人輩用陳黒壞茶潑之皆至芳香又以煎佳茶不可名其鮮馥也又愈於揚子南零殊遠及至永嘉取仙巖瀑布用之亦不下南零以是知客之說誠哉信矣夫顯理鑒物今之人信不迨於古人蓋亦有古人所未知而今人能知之者元和九年春予初成名與同年生期于薦福寺余與李德垂先至憩西廂玄鑒室會適有楚僧至置囊有數編書余偶抽一通覽焉文細密皆雜記卷末又一題云煑茶記云代宗朝李季卿刺湖州至維揚逢陸處士鴻漸李素熟陸名有傾蓋之懽因之赴郡抵揚子驛將食李曰陸君善于茶蓋天下

聞名矣況揚子南零水又殊絕今者二妙千載一遇何曠之乎命軍士謹信者挈瓶操舟深詣南零陸利器以俟之俄水至陸以杓揚其水曰江則江矣非南零者似臨岸之水使曰某擢舟深入見者累百敢虛紿乎陸不言既而傾諸盆至半陸遽止之又以杓揚之曰自此南零者矣使蹶然大駭馳下曰某自南零齎至岸舟蕩覆半懼其尠挹岸水增之處士之鑒神鑒也其敢隱焉李與賓從數十人皆大駭愕李因問陸既如是所經歷處之水優劣精可判矣陸曰楚水第一晉水最下李因命筆口授而次第之

廬山康王谷水簾水第一

無錫縣惠山寺石泉水第二

蘄州蘭溪石下水第三

峽州扇子山下有石突然洩水獨清冷狀如龜形俗云蝦蟇口水第四

蘇州虎丘寺石泉水第五

廬山招賢寺下方橋潭水第六

揚子江南零水第七

洪州西山西東瀑布水第八

唐州栢巖縣淮水源第九淮水亦佳

廬州龍池山頤水第十

丹陽縣觀音寺水第十一

揚州大明寺水第十二

漢江金州上游中零水第十三水苦

歸州玉虛洞下香溪水第十四

商州武關西洛水第十五未嘗泥

呉松江水第十六

天台山西南峰千丈瀑布水第十七

郴州圓泉水第十八

桐廬嚴陵灘水第十九

雪水第二十用雪不可太冷

此二十水余嘗試之非繫茶之精麄過此不之知也夫茶烹於所產處無不佳也蓋水土之宜離其處水功其半然善烹潔器全其功也李寘諸笥焉遇有言茶者即示之又新刺九江有客李滂門生劉魯封言嘗見説余醒然思往歲僧室獲是書因盡篋書在焉

古人云瀉水置瓶中焉能辨淄澠此言必不可判也萬古以爲信然蓋不疑矣豈知天下之理未可言至古人研精固有未盡強學君子孜孜不懈豈止思齊而已哉此言亦有裨於勸勉故記之

述煮茶泉品

夫渭黍汾麻泉源之異禀江橘淮枳土地之或遷誠物類之有宜亦臭味之相感也若乃擷華掇秀多識草木之名激濁揚清能辨淄澠之品斯固好事之嘉尚博識之精鑒自非嘯傲塵表逍遙林下樂追王濛之約不敗陸納之風其孰能與於此乎呉楚山谷間氣清地靈若後穎挺多孕茶荈爲人採拾大率右於武夷者爲白乳甲於呉興者爲紫筍產禹穴者以天

章顯茂錢塘者以徑山稀至於續廬之巖雲衡之麓鴉山著於無歙蒙頂傳於岷蜀角立差勝毛舉寔繁然而天賦尤異性靡受和苟制非其妙烹失於術雖先雷而嬴未雨而檐蒸焙以圖造作以經而泉不香水不甘爨之揚之若淤若滓予少得温氏所著茶說嘗識其水泉之目有二十焉會西走巴峽經蝦蟇窟北憩蕪城汲蜀岡井東遊故都絕揚子江留丹陽酌觀音泉過無錫斞慧山水粉槍末旗蘇蘭薪桂且鼎且缶以飲以歠莫不瀹氣滌慮蠲病析酲祛鄙悋之生心招神明而還觀信乎物類之得宜臭味之所感幽人之佳尚前賢之精鑒不可及已噫紫華綠英均一草也清瀾素波均一水也皆忘情於庶彙或求伸於知己不然者藂薄之莽溝瀆之流亦奚以異哉遊鹿故宮依蓮盛府一命受職再朞服勞而虎丘之觱沸松江之清泚復在封畛居然挹注是嘗所得於鴻漸之目二十而七也昔酈元善於水經而未嘗知茶王肅癖於茗飲而言不及水表是二美吾無愧焉凡泉品二十列於右幅且使盡神方之四兩遂成奇功代酒限於七升無忘眞賞云爾南陽葉清臣述泉品二十見張又新水經

大明水記

歐陽脩

世傳陸羽茶經其論水云山水上江水次井水下又云山水乳泉石池漫流者上瀑湧湍漱勿食食久令人有頸疾江水取去人遠者井取汲多者其說止於

此而未嘗品第天下之水味也至張又新爲煎茶水記始云劉伯蒭謂水之宜茶者有七等又載羽爲李季卿論水次第有二十種今考二說與羽茶經皆不合羽謂山水上而乳泉石池又上江水次而井水下伯蒭以揚子江爲第一惠山石泉爲第二虎丘石井爲第三丹陽寺井爲第四揚州大明寺井第五而松江第六淮水第七與羽說皆相反季卿所說二十水廬山康王谷水第一無錫惠山石泉第二蘄州蘭溪石下水第三扇子峽蝦蟇口水第四虎丘寺井水第五廬山招賢寺下方橋潭水第六揚子江南零水第七洪州西山瀑布第八桐柏淮源第九廬州龍池山頂水第十丹陽寺井第十一揚州大明寺井第十二

漢江中零水第十三玉虛洞香溪水第十四武關西洛水第十五松江十六天台千丈瀑布十七郴州圓泉十八嚴陵灘水十九雪水二十如蝦蟇口水西山瀑布天台千丈瀑布皆羽戒人勿食食而生疾其餘江水居山水上井水居江水一皆與茶經相反疑羽不當二說以自異使誠羽說何足信也得非又新妄附益之耶其述羽辯南零岸水特怪其妄也山水味有美惡而已欲舉天下之水一二而次第之者妄說也故其爲說前後不同如此然此井於揚水之美者也羽之論水惡渟浸而喜泉源故井取汲多者江雖長流然衆水雜聚故次山水惟此說近物理云

浮槎山水記　　歐陽脩

浮槎山在慎縣南三十五里或曰浮巢二山其事出於浮圖老子之徒荒恠誕幻之說其上有泉自前世論水者皆弗道余嘗讀茶經愛陸羽善言水後得張又新水記載劉伯芻李季卿所列水次第以爲得之於羽然以茶經考之皆不合又新妄狂險譎之士其言難信頗疑非羽之說及得浮槎山水然後益知羽爲知水者浮槎與龍池山皆在廬州界中較其味不及浮槎遠甚而又新所記以龍池爲第十浮槎之水弃而不録以此知其所失多矣羽則不然其論曰山水上江次之井爲下山水乳泉石池漫流者上其言雖簡而於論水盡矣浮槎之水發自李侯嘉祐二年李侯鎮東留後出守廬州因遊金陵登蔣山飲其水

又登浮槎至其山上有石池涓涓可愛蓋羽所謂浮泉漫流者也飲之而甘乃考圖記問故老得其事迹因以其水遺余於京師余報之曰李侯可謂賢矣盡窮天下之物無不得其欲者冨貴之樂也至於蔭長松藉豐草聽山溜之潺湲飲石泉之滴瀝此山林者之樂也而山林之士視天下之樂不一動其心或有欲於心顧力不可得而止者乃能退而獲樂於斯彼冨貴者之能致物矣而其不可兼者惟山林之樂爾惟李侯生長冨貴厭於耳目又知山林之爲樂至於攀緣上下幽隱窮絕人所不及者皆能得之其兼取於物者可謂多矣李侯折節好學善交賢士敏於爲政所至有能名凡物不能自見而待人以彰者有矣

其物未必可貴而因人以重者有矣故予爲誌其事
俾世知奇泉發自李侯始也

煎茶水記

茶録 并序

朝奉郎右正言同修起居注臣蔡襄上進

臣前因奏事伏蒙　陛下諭臣先任福建轉運使日所進上品龍茶最爲精好臣退念艸木之微首辱陛下知鑒若處之得地則能盡其材昔陸羽茶經不第建安之品丁謂茶圖獨論採造之本至於烹試曾未有聞臣輒條數事簡而易明勒成二篇名曰茶録伏惟　清閒之宴或賜觀采臣不勝惶懼榮幸之至謹序

上篇論茶

色

茶色貴白而餅茶多以珍膏油去聲其面故有青黃

紫黑之異善別茶者正如相工之瞟人氣色也隱然察之於內以肉理潤者爲上既已末之黃白者受水昏重青白者受水鮮明故建安人鬭試以青白勝黃白

香

茶有真香而入貢者微以龍腦和膏欲助其香建安民間試茶皆不入香恐奪其真若烹點之際又雜珍果香艸其奪益甚正當不用

味

茶味主於甘滑惟北苑鳳凰山連屬諸焙所產者味佳隔溪諸山雖及時加意製作色味皆重莫能及也又有水泉不甘能損茶味前世之論水品者以此

藏茶

茶宜蒻葉而畏香藥喜温燥而忌濕冷故收藏之家以蒻葉封裹入焙中兩三日一次用火常如人體温温則禦濕潤若火多則茶焦不可食

炙茶

茶或經年則香色味皆陳於淨器中以沸湯漬之刮去膏油一兩重乃止以鈐箝之微火炙乾然後碎碾若當年新茶則不用此説

碾茶

碾茶先以淨紙密裹搥碎然後熟碾其大要旋碾則色白或經宿則色已昏矣

羅茶

羅細則茶浮麄則水浮

候湯

候湯最難未熟則沫浮過熟則茶沉前世謂之蟹眼者過熟湯也沉瓶中煑之不可辯故曰候湯最難

熁盞

凡欲點茶先須熁盞令熱冷則茶不浮

點茶

茶少湯多則雲脚散湯少茶多則粥面聚（建人謂之雲脚粥面）鈔茶一錢匕先注湯調令極勻又添注入環迴擊拂湯上盞可四分則止眂其面色鮮白著盞無水痕為絶佳建安鬬試以水痕先者為負耐久者為勝故較勝負之説曰相去一水兩水

下篇論茶器

茶焙

茶焙編竹爲之裹以蒻葉蓋其上以收火也隔其中以有容也納火其下去茶尺許常温温然所以養茶色香味也

茶籠

茶不入焙者宜密封裹以蒻籠盛之置高處不近濕氣

砧椎

砧椎蓋以砧茶砧以木爲之椎或金或鐵取於便用

茶鈐

茶鈐屈金鐵爲之用以炙茶

茶碾

茶碾以銀或鐵爲之黃金性柔銅及碖石皆能生鉎（音星）不入用

茶羅

茶羅以絶細爲佳羅底用蜀東川鵝溪畫絹之密者投湯中揉洗以冪之

茶盞

茶色白宜黑盞建安所造者紺黑紋如兎毫其坯微厚熁之久熱難冷最爲要用出他處者或薄或色紫皆不及也其青白盞鬭試家自不用

茶匙

茶匙要重擊拂有力黃金爲上人間以銀鐵爲之竹

者輕建茶不取

湯瓶

瓶要小者易候湯又點茶注湯有準黃金爲上人間以銀鐵或瓷石爲之

後序

臣皇祐中脩　起居注奏事

仁宗皇帝屢承

天問以建安貢茶并所以試茶之狀臣謂論茶雖禁中語無事於密造茶錄二篇上進後知福州爲掌書記竊去藏稾不復能記知懷安縣樊紀購得之遂以刋勒行於好事者然多舛謬臣追念

先帝顧遇之恩攬本流涕輙加正定書之於石以永其傳治平元年五月二十六日三司使給事中臣蔡襄謹記